關於我們 ————————————————

文房文化事業有限公司自 2000 年成立以來，
以「關懷孩子，引領孩子進入閱讀的世界，
培養孩子良好的品格」為宗旨，持續出版各種好書，
希望藉由生動的故事培養孩子的閱讀興趣。

我們熱愛孩子、熱愛閱讀、熱愛沉浸在每個故事中，
感受每段不一樣文字與圖畫。
因此，我們打造了一片故事花園，
在圖畫中找到藝術、在文字中學習愛與成長。

媽咪我愛您！
寶貝
我愛你！

文・圖／維他命

我是小雪花，
Wǒ shì xiǎo xuě huā

常常對媽媽發脾氣。
cháng cháng duì mā ma fā pí qì

我知道不該這麼做，
wǒ zhī dào bù gāi zhè me zuò

但總是忍不住。
dàn zǒng shì rěn bú zhù

我會因為走在路上很多人盯着我看，對媽媽生氣。
Wǒ huì yīn wèi zǒu zài lù shàng hěn duō rén dīng zhe wǒ kàn，duì mā ma shēng qì。

我會因為不能和同學一樣去游泳，
Wǒ huì yīn wèi bù néng hàn tóng xué yí yàng qù yóu yǒng

對媽媽生氣。
duì mā ma shēng qì

我會因為不能穿漂亮的
Wǒ huì yīn wèi bù néng chuān piào liàng de

短裙去同學的生日派對，
duǎn qún qù tóng xué de shēng rì pài duì

對媽媽生氣。
duì mā ma shēng qì

我會因為沒辦法留
Wǒ huì yīn wèi méi bàn fǎ liú

一頭漂亮長髮，
yì tóu piào liàng cháng fǎ

對媽媽生氣。
duì mā ma shēng qì

每次對媽媽生氣，
Měi cì duì mā ma shēng qì

她就溫柔的把我緊緊抱住，
tā jiù wēn róu de bǎ wǒ jǐn jǐn bào zhù

然後輕聲的說：
rán hòu qīng shēng de shuō

「媽媽知道，
mā ma zhī dào

你很難過也不舒服，
nǐ hěn nán guò yě bù shū fú

你不怪也沒有錯，
nǐ bú guài yě méi yǒu cuò

你是被遺忘的雪花，
nǐ shì bèi yí wàng de xuě huā

媽媽愛你。」
mā ma ài nǐ

今天放學回家，
Jīn tiān fàng xué huí jiā

我又對媽媽發脾氣了，
wǒ yòu duì mā ma fā pí qì le

還拒絕媽媽的擁抱。
hái jù jué mā ma de yǒng bào

媽媽摸摸我的頭，溫柔的說：
Mā ma mō mō wǒ de tóu　wēn róu de shuō

「親愛的小雪花，上了一天課、
qīn ài de xiǎo xuě huā　shàng le yì tiān kè

流了一身汗，很不舒服吧！
liú le yì shēn hàn　hěn bù shū fú ba

先去洗個澡……」
Xiān qù xǐ ge zǎo

我喜歡洗澡，每個角落都要洗，
Wǒ xǐ huān xǐ zǎo　měi ge jiǎo luò dōu yào xǐ

把自己洗得乾乾淨淨。
bǎ zì jǐ xǐ de gān gān jìng jìng

我多麼希望，有一天，
Wǒ duō me xī wàng　　yǒu yì tiān

香香的泡沫可以洗掉刺鼻的藥味，
xiāng xiāng de pào mò kě yǐ xǐ diào cì bí de yào wèi

也一起沖走身上的傷痕。
yě yì qi chōng zǒu shēn shàng de shāng hén

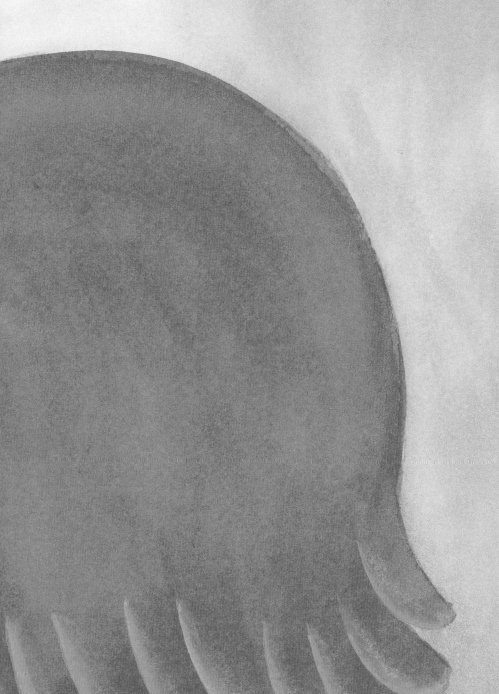

洗完澡，媽媽幫我輕輕擦藥。
Xǐ wán zǎo　mā ma bāng wǒ qīng qīng cā yào

這時，我甚麼都不想說，
zhè shí　wǒ shén me dōu bù xiǎng shuō

只想靜靜的靠在媽媽身邊。
zhǐ xiǎng jìng jìng de kào zài mā ma shēn biān

媽媽一低頭，淚水就滴滴落下，
Mā ma yì dī tóu lèi shuǐ jiù dī dī luò xià

滴在地上好像身上的傷痕，
dī zài dì shàng hǎo xiàng shēn shàng de shāng hén

又像一球球的蒲公英果實。
yòu xiàng yì qiú qiú de pú gōng yīng guǒ shí

我多麼希望，午後一陣暖風吹來，
Wǒ duō me xī wàng　　wǔ hòu yí zhèn nuǎn fēng chuī lái

把傷痕和媽媽的淚水吹走，
bǎ shāng hén hàn mā ma de lèi shuǐ chuī zǒu

就像蒲公英的種子隨風飄去。
jiù xiàng pú gōng yīng de zhǒng zi suí fēng piāo qù

我多麼希望，
Wǒ duō me xī wàng

我不是乾癬病人，
wǒ bú shì gān xiǎn bìng rén

身上沒有蓋着白色皮屑的紅斑。
shēn shàng méi yǒu gài zhe bái sè pí xiè de hóng bān

我多麼希望……
Wǒ duō me xī wàng

親愛的媽媽，對不起！我要學着不亂生氣。
Qīn ài de mā ma duì bù qǐ Wǒ yào xué zhe bù luàn shēng qì

親愛的媽媽，謝謝您！謝謝您這麼愛我，
qīn ài de mā ma xiè xie nín Xiè xie nín zhè me ài wǒ

讓我不再害怕身上的傷痕。
ràng wǒ bú zài hài pà shēn shàng de shāng hén

媽媽，我好愛您！
Mā ma wǒ hǎo ài nín

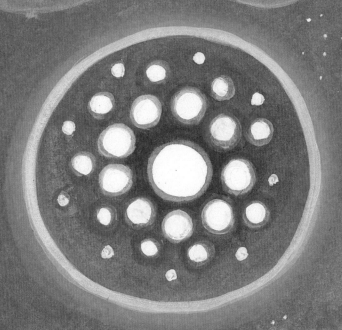

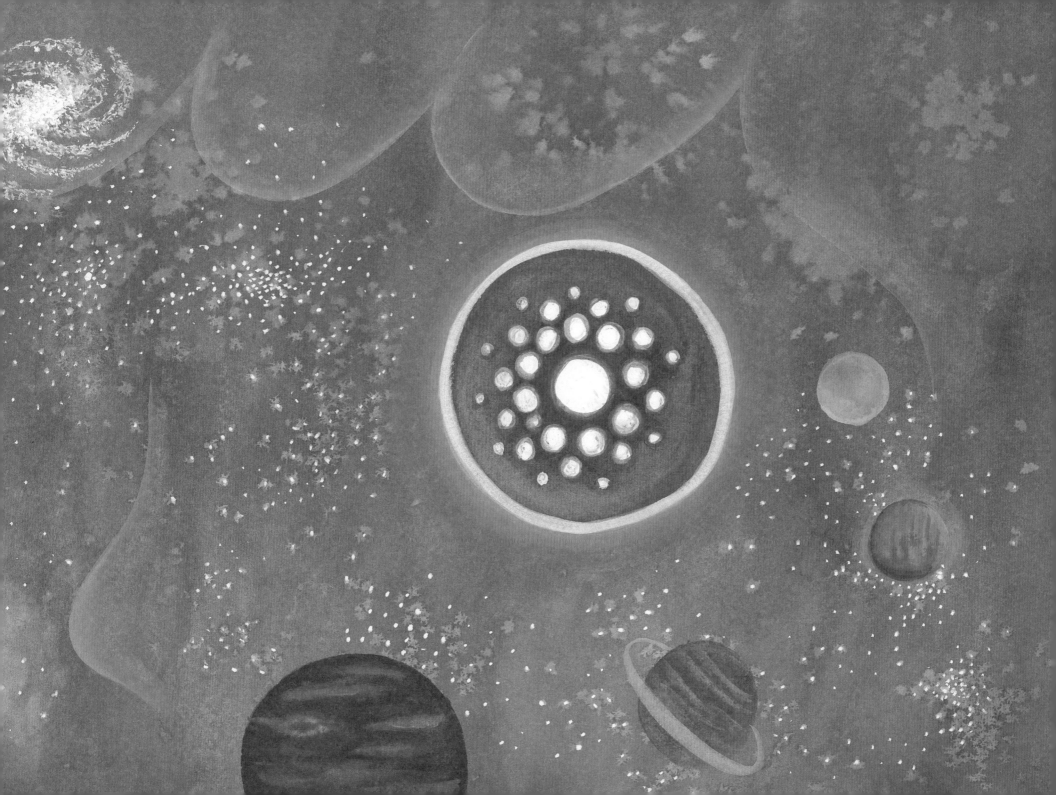

作者介紹 ————————

維他命

本名沈姵君，三個孩子的媽媽，平面設
計師，自由創作者，台灣繪本協會師資。
智邦藝術基金會插畫課程講師，新竹鐵
道藝術村插畫課程講師，新北市樹林社
區大學插畫講師，新北市樹林彭福國小
兒童繪畫講師。

我喜歡繪本創作，透過文字與圖像，與
自己反覆對話，內心最原始的想法很自
然的變得清晰，最初只是從最單純的一
個念頭開始，而後衍生交織，完成後呈
現在讀者的面前，產生了各種反應或共
鳴，更或產生了我無法得知的效應，這
樣良性的反射弧線，讓我覺得創作這件
事更加有趣迷人，並從中獲得了成長的
養分。

FB 粉絲頁：維他命 Vitamin

作者的話 ————————

《媽咪我愛您，寶貝我愛你》是一個關於養育罕見疾
病孩童的故事，用抽象與現實交錯的方式，描寫媽媽
和孩子之間溫暖又矛盾的情緒交流。

這個故事是帶孩子到醫院小兒科候診時，利用幾次漫長
等待的時間完成的，我靜靜的坐在角落，看着來來往往各個
不知罹患何種病痛的孩童，身旁大多由媽媽陪同。這些媽媽的臉
上。流露出溫柔的光芒，柔化了診間冰冷的氣氛。

相對的，生病的孩子，一面感受媽媽的愛與付出，但小小的年紀又難以
淡然面對身體的疼痛與來自周遭異樣的眼光。於是，有些孩子將無法消
化的情緒，一股腦兒的對着最愛的媽媽宣洩，不論多大的怨氣，媽媽都
用最大的耐心包容。

我深信，媽媽能在承受病痛折磨而哭鬧的孩子面前，盡心包容，必定是
來自內心強大的母愛的支持，而這股強大母愛的背後又有多少不為人知
的辛酸與勞苦呢？想到這裏，同樣身為母親的我，也不禁鼻酸泛淚。

希望透過這個小故事，傳達溫暖的愛，讓每個生病的孩子都能更勇敢的
接受與面對病痛，也呼籲大家對於罕見疾病能有更多的包容與關懷，並
珍惜、感恩父母對我們的愛與付出。

媽咪我愛您！寶貝我愛你！　　文・圖／維他命

ISBN：978-988-8483-49-5（平裝）
出版日期：2018 年 11 月初版一刷
定　　價：HK$48
文房香港
發 行 人：楊玉清
副總編輯：黃正勇
執行編輯：許文芊
美術編輯：陳聖真
企畫製作：小文房編輯室
出 版 者：文房（香港）出版公司

總代理：蘋果樹圖書公司
地　　址：香港九龍油塘草園街 4 號
　　　　　華順工業大廈 5 樓 D 室
電　　話：(852) 3105250
傳　　真：(852) 3105253
電　　郵：applertree@wtt-mail.com

發　　行：香港聯合書刊物流有限公司
地　　址：香港新界大埔汀麗路 36 號
　　　　　中華商務印刷大廈 3 樓
電　　話：(852) 21502100
傳　　真：(852) 24073062
電　　郵：info@suplogistics.com.hk